꿈의 온도

황금알 시인선 297
꿈의 온도

초판발행일 | 2024년 10월 31일

지은이 | 정의현
펴낸곳 | 도서출판 황금알
펴낸이 | 金永馥
주간 | 김영탁
편집실장 | 조경숙
표지디자인 | 칼라박스
주소 | 03088 서울시 종로구 이화장2길 29-3, 104호(동숭동)
전화 | 02)2275-9171
팩스 | 02)2275-9172
이메일 | tibet21@hanmail.net
홈페이지 | http://goldegg21.com
출판등록 | 2003년 03월 26일(제300-2003-230호)

*이 책은 2024 양산시 지역문화진흥기금 지원사업을 지원받아 발간되었습
 니다.

# 꿈의 온도

## 정의현 시집

황금알

첫 시집은 잘 있음의
푸른 수신호다.
내 영혼의 모음이 먼지처럼
흩날려 귀가하는 날이면
흐르는 강의 덧무늬
새 그림자의 귀향은
그저 배경에 지나지 않는다.
나의 종점은 머나멀고
새봄이 펼쳐진 그곳
마음은 해를 향하듯
언제나 고개를 끄덕인다.
어디서 무엇이 되어 만나도
언제나 시를 이야기하고
시는 우리의 안식처이며 도피처다.
아직도 남겨두는 그 마음으로
감사를 전한다.

2024년 늦가을 정의현

# 차 례

## 2부  바깥은 봄

## 3부 봄을 걷는 사람

## 4부 엄마의 정원

# 1부

수레국화가 사는 법

# 남해대교에서

홀로 걷는 쓸쓸한 사람
남풍 부는 그 섬에 가면
출렁이는 풀빛 닻을 내린다

씨실과 날실의 파도 소리 사이로
침묵의 수묵화 한 점
고요를 퍼 올리는 진남색 먹물 번진다

생각의 갈피를 넘기는 찬바람
눈가에 접히는 꽃 진 자리로
하염없이 꽃물 드는
흔들리는 청춘의 까마득히 먼
풀 한 포기 자랄 수 없는 사막길

눈망울 맑아 슬픈 낙타,
오목한 발자국마저 뜨거워도
섬은 말없이 건너라
건너가라고
손짓한다

나는 다시 길을 걷는다
차마 떨치지 못하는
생의 한가운데

# 꽃탑

하늘이 흩뿌린 구름 파우더 아래서
헤픈 아낙네 벚꽃처럼 흐드러지는
진달래 속닥임에
까르르 넘어가는 이팝꽃

굽이굽이 고갯길 넘어서 다다른
산길 모퉁이, 내려앉는 늦봄의 향기에
여직 한겨울 고드름 짊어진 돌탑
우두커니 언 발로 서 있다

눈감고 귀를 막고
내가 찾아 헤매던 태초의 웅크림
기나긴 침묵 간절한,
올곧게 버티게 해달라는 기도가
날린다, 그 푸른 언어의 가루들을

몸 안으로 새겨 넣은 돌꽃 데리고
타박타박 걸어 들어간 돌무지
깊고 깊은 봄 한가운데

세워둔 나만의 봄, 그 꼭대기에
방금 떨어진 꽃잎 하나
보시하듯 얹어준다

# 풍경을 읽다

해거름 산사의 멧새 둥지 찾아
바람에 이따금 뒤척이는 소리
은비늘 흩날리는 진눈깨비
아스라이 매달린 목어의 비행

공중정원에 그리는 동그라미
종소리 둥둥 울려 퍼지고
목어의 꿈 잠든 하늘가
내일이면 잊힐 슬픔 품었다

길 잃은 나에게 찾아든 저녁놀
주름진 하늘에 화장을 지우면
감물 들듯 안기는 바람의 숨결

당신에게 물든다는 것은
끝끝내 사랑이었네

# 수레국화가 사는 법

　마당 깊은 저녁이 오면 푸른 바다가 지구 반 바퀴돌아 꿈틀거렸다. 따개비가 붙어사는 물금의 조각달 제법 밝았다. 해 질 녘 붉은 울음을 닦았고 가끔 지는 빗방울은 내일 흘릴 눈물에 딸꾹질했다. 밤바람에 풍로화 한 송이 지고 동백은 봉오리로 봄의 침묵을 말한다. 실바람 바퀴를 돌리며 잔상처럼 오고 가는 페달을 밟는 봄, 굳은 손마디를 움켜잡으며 끄적인다. 그래야만 했다. 그게 나니까, 살아있으므로 다시 봄을 고쳐 쓴다. 너는 나의 봄, 나의 시작이고 끝이다.

# 물빛 파래소

신불산 숲길을 걸으며 우리는
느티나무가 되었다

하늘과 바람과 물이
하나 되어 부르는 화음
슬픔을 슬픔으로 쏟아내는 기적

나를 내려놓고
바라다보면
물 같은 사람이 산다

달려가는 서글픔이며
달려가는 외로움인가
내 가난한 물의 노래

아래로 흐르는 마지막 바람
오래된 푸르름을 입었다
휘청거리며,

# 마당을 쓸다가

연필 잡고 마당에 모인 아이들
개발새발 그리는 하얀 종이
까치도 찍은 눈도장 반가워라

뒤란에 가을이 오면 마당을 쓸며
은행잎 주름진 호를 따라
당신에게 보내는 낙엽 편지
볕뉘 비치는 단풍 세다가
항아리처럼 부풀었으며

간밤 송두리째 뽑힌 은행나무
조각난 슬픔의 무게를 쓸며
빨래처럼 시를 널었고
젖은 삶 말렸다

지금은 희미한 마당에 동그마니
차마 떠내려 보내지 못한
눈썹달이 남았다

# 마흔 개의 비

오늘처럼 비 맞는 날
바람도 불고 사람도 흔들리지만
결단코 흔들리지 않는 나

거리는 흑백필름처럼 흐리다

가끔 외롭고 비참해 비가 되고
시간이 드리워진 그림자처럼
까닭 모를 슬픔에 허기진 날
자음과 모음이 비틀거리지만

서 있다 계속 서 있다
마흔 개의 빗줄기가 꿋꿋이

# 입춘

눈 오는 길은 눈발에 한없이 흔들렸다

바람 부는 대로 흔들리고
짓누르는 삶의 무게
버스는 부재중 편지를 삼켰다
이 길 끝까지 헐떡이며 달려서
너에게로 가는 중이다

우리의 청춘이 멍드는 여기
둥근 고리를 꼭 붙잡고
이리저리 흔들리는 순간
터져버린 오리털 잠바의
새하얀 깃털처럼 날려
나 기꺼이 맞으려 한다

와락, 안기는 시린 날들이여!

# 갯메꽃 한 송이

바람의 언덕 가는 길
멈춰야 보이는 작은 풀꽃
돌아보고 자꾸만 봅니다

돌 틈 사이 흔들리듯 서성이는
보일 듯 말 듯 낯익은 얼굴 하나
바람 불어도 끄떡없는 그녀

한여름 뙤약볕에도 살아남아
가장 낮은 곳에 뿌리내린 이름 석 자
꽃대궁 그림자에 향고래가 살았답니다

바다 향한 서러움 끝끝내 접어
연분홍 치마 질끈 감아 흰 수건 두르고
온종일 경전 같은 밭 매는 분주한 손길

바다에서 바다 그리메
모래밭에 피워올린 꽃 한 송이

# 잃어버린 시간

여름 긴 하루는 도마뱀 꼬리가 되어
좁은 골목길 사이로 잘려나간다

생의 찌꺼기처럼 남겨진 퍼즐
억척스럽게 맞추어 나가는
빛 잃은 담쟁이 지나
갈지之자걸음의 한 남자
벌겋게 달궈진 뒷모습
술에 취해 비틀거리듯
비탈을 오른다

불 꺼진 산등성 작은 집
종착역에 다다른 기차 위에 떠오른
점등인의 아픈 별

고요를 밟고 선 껌뻑이는 가로등
구두 한 짝을 비춘다
누구의 것일까
잃어버린 신발 한 짝

# 봄눈

낮은 담장, 마당 한켠 장독대
내 마음의 목련 그늘 아래
소복소복 내리는 눈

첫눈 오면 만나자던 그 사람
지금쯤 무엇을 할까

시간을 질주해 내리는 눈에는
흔들리는 가로등이 있다
빈 소주잔을 움켜쥐고
컵라면을 쪼그리고 먹는
그의 하루가 내렸다

눈 속으로 걸어간 그 사람
발자국 소리를 밤새 듣는다

눈물빛 녹는 눈인 나는
밤길을 따라 고요에 든다

첫눈 오면 만나자던
그 사람 걸어오는 발자국 소리에
문풍지 같은 귀를 걸었다

# 안개꽃

만일 그대가 나와 같다면 그대의 눈가에
떨어지는 한 방울 눈물이 되리

앞은 보이지 않았고 길은 아득히 멀었으며
어둠 저편의 별도 달도 메마른 숨죽였지

슬픔이 모이면 어김없이 바다로 갔다
밤바다의 고요는 침몰한 언어를 품었다

침묵의 무늬로 짜인 미완의 옷을 입은
목 긴 여자가 심연으로 쏟아부은 흔적
무수한 결빙에 퇴화하는 말의 꽃
부유하는 절박을 껴안았다

목울대로 피어나는 한 가닥
절실

# 산세베리아 피는 아침

밤바람의 서늘한 시선은
너를 만나기 위한 외로운 길인가

그늘에서 말없이 지켜보던 눈동자
덜컹거리던 삶에 건네는 나지막한 눈인사
한 줄기 햇살의 속없는 중얼거림

문득 이제야 생각났다

십 년의 기억 산세베리아
언제나 같은 자리에
서성이는 길목에는
하얀 입김인 듯
삶의 고비마다 매달리며
쉼표처럼 피었다 졌다

조용하고 순결한 답례는
길을 잃고서야 비로소 찾은
눈물 나는 아침이 전부였다

# 봄밤

봄별의 심장이 펄럭인다

무심코 본 하늘에
너무 멀어 셀 수 없던 별 조각
흐린 눈을 아무리 닦아도 보이지 않는 별이 있다

새벽을 밝히는 모난 별 하나
서성이는 그대 머리맡에 떠 있는데도
앞만 보는 나는 아무것도 보지 못하고
밤길을 걸었다

무거운 짐 하나 내려놓지 못하고
버리지 못하는 무엇을 붙잡고
밤새 이불 동굴을 걷고 또 걸었다
별도 나도 발바닥이 다 닳았다

모서리를 잃은 별이 글썽였다

# 빈 의자

마당 한구석 흔들의자 하나
저 혼자 흘러가는 나이테가 서름하다

지친 등 안아주는 낡은 의자
뒤란에 별과 달이 함께 앉아
먼지 낀 거울을 닦는 날이면
두런거리는 이야기꽃

연잎 양산 하나 없는 지금에야
마음 지지하는 햇살 한 가닥
무심결에 흘러내리는 기억 자리
다 퍼주고도 모자란 정붙이

흙 밟은 눈송이 마냥
가르마에 흰머리 송송 올라타
사근다리 어루만지며

우리 참 애썼다
살아내느라,
살아가느라고.

# 파도와 달빛

너를 향한 그리움이 멀어져 갔다
바다를 향해 덧무늬를 새긴다
하고 싶은 말이 많았지만
밤새 다 쓰지 못했다

어제의 중얼거림을
아직 쓰고 있는 중
달빛에 긴 흘림체로
마냥 써 내려간다

그건 인연이야
그건 운명이야
지우고 또 쓰는
빈 여백에서

까만 몽돌처럼 점점 사라져 가는
작은 나를 만났다

# 2부

바깥은 봄

# 강가의 나무

보이지 않는 출구를 언 강가에서 찾는다

젖은 날개 속에 고개를 파묻고
긴 여행의 마침표를 찍은 외기러기에게
강가의 나무는 그늘을 거두어들인다
모로 누운 지친 날들의 허방에도
잎사귀로 마른 침 삼키는 소리도 내지 않는다

구르지 못하는 유배된 삶이
한겨울 침묵 속에 옮기는 그림자는 가볍다
마른 풀등에 쓰러지는 노을처럼
소멸되지 못하는 마지막 잎맥에서
방황하는 내 젊은 날의 버석거리는 갈망을 본다

차가운 물방울에 곤히 물들여지는 갈색 깃털
떠난 이의 흔들리는 뒷모습은
겨울 강 덜컹거리는 기차로 누웠다

반짝이는 것을 마냥 흙으로 껴안았던 나무

살아갈 것들이 털어내는 살가루에 뿌리를 묻고
하늘을 향해 수직 출구를 연다
꼿꼿하고 당당하게

# 봄, 그 아득함

통도사 가는 먼 길
작은 등불은 두 손을 모은다

바람의 텅 빈 손길
봄의 눈먼 아픔마저 쓸고 갔다

겨울의 꿈이 잠든 나무
그늘 아래 사위어만 가는 붉은
꽃잎, 꽃잎, 꽃잎이
저문 날을 그리는 서걱거리는
슬프도록 맺히는 풍경 소리
은비늘에 미끄러진 메마른
한줄기 얇디얇은 고독한 생이
강 아래로,
아래로 떨어졌다

그토록 기다리던 나의 봄은
어찌 그리 시리도록 환한지
꽃잎의 마지막 말에

열병처럼 누운 이름 하나
꽃 진 자리는
늘 푸른 몸살처럼 아팠다

# 배내골 굽이굽이

온 산 단풍이 여기저기 불을 놓는다

바람 불어도 좋은 그런 날
깊은 골 굽이굽이 길손마다
따뜻한 이불이 되었다

손 시릴까 발 시릴까 걱정하는 엄마인 듯
배냇저고리 젖내나는 가을 산
젖먹이 업고 장에 가던 그길로
한 땀 한 땀 누비이불을 펼쳤다

산 아래 내 집은 작은 쉼표 하나,
절망에도 꺾이지 않는 뿌리가 있다
가는 길마다 내리 앉는 안개 같은 처네 끈
자꾸만 경계를 지워갔다

# 바깥은 봄

창밖은 벌써
봄이 지고 있어
바람에 말없이 떨어지는 꽃잎
어김없이 모로 누워 있는 꽃무덤
절정의 자리에 남은 따듯함이며
시간에 답을 주는 보랏빛이
영혼을 물들이지
꽃말은 모스부호처럼
헤어지는 일은 안단테로
살다가 벽을 만나면 금 간 곳
어디쯤엔가 봄의 새살들이 파릇하게
솟아올라 슬프도록 아름다운 말이
사월의 길모퉁이마다 필 거야
아무도 모르게 자라는 말
영원히 기억합니다
언제나 나의 봄
당신은

# 원동역

해지는 창가에 앉아 고요를 마셨다

산등성에 걸리는 금빛 포물선 하나
말들은 새털구름에 실리어 가고
붉은 아픔에 피고 지는 숨꽃들
매화향 품은 순은의 강 너머
기차는 말없이 지나갔다

덜컹거리는 시간 사이로
뜻밖의 만남과 이별의 길은 달라도
가야만 하는 길이 맞닿은
그대와 나의 두 손

헐떡이며 달려온 간이역 의자에
쉼표로 남겨진 그대 둥근 등은
쓸쓸한 달항아리

그리운 이름만
덩그러니

# 다시 봄

상처 지나간 자리마다 꽃은
피고 지고

이름 없는 들꽃 향기 물어물어
서운암 금낭화
묵묵히 대지에 고개를 묻고
다시 일어서는 풀꽃
철 지난 겨울이 못내 그리워

이팝나무 깨알 미소에
목단이 발그레한 폭죽 터트리면
산허리에 넘쳐나는 봄물 소리
붉게 물든 치마폭에 찰방찰방
항아리마다 곡진히 쏟아진다

가던 길 멈추고
굽은 길 돌아서 보면
모두 아름다워 서러운
그 이름
봄, 봄,

# 홍매화 피는 날

모은 두 손에서
등불이, 숲길이, 언 개울물이 열린다

통도사 가는 먼 길은
나뭇가지의 반가운 추임새
바람의 따사로운 숨소리가
떨린다

내려놓고 눈을 감으면
휘몰아 쉬는 가쁜 숨

너와 나의 마음 언저리
그 어디쯤 닿아

별이 기억하는 너에게
꽃이 전하는 붉은 편지를
보낸다

새날처럼

노란 구두를 신고
사박사박 걸어서
곧 너에게로 간다고

# 비의 노래

양털구름에서 풀어지는 털실인 듯
진눈깨비 내리는 날

무심한 흑백필름의 빗속을 걷고 있는 사람들
무성영화의 영사기에 텅 빈 생을 돌린다

식어가는 이별주에 담긴 눈물은
세상에 빗금 쳐지는 어둠의 숲
까마득한 심연 아래로 굴러떨어진다

옛 시인의 시는 비를 만나 자음과 모음
끝없이 점이 되어 지나간다
울음 삼킨 목쉰 바람 소리
휘파람 소리로 새벽을 두드린다

녹아내리는 눈물의 마침표
격자 창문의 오선지에 매달려
피아노 건반 위로 떨어지고

눈물 마른자리에서 꽃 피는
환한 목소리의 부심

# 달맞이

봄비 소긋소긋 내려오는 밤
하늘가에 걸터앉은 잔별은
낡은 의자에 못질을 한다

빗소리 슬며시 다가오면
고양이 발자국 소리 선명한 의자
나비는 울며 춤추고
나는 후미진 골목에 쪼그리고
하염없이 엄마를 기다렸다

엄마보다 먼저 온
반짝이는 별을 삼킨
노오란 달맞이
눈물을 쏟았다
왈칵

# 산수유 필 무렵

삼소굴 담장 아래
봄눈 뜨는 노르스름한 산수유

봄의 살뜰한 눈길에
알알이 영그는 까르르 웃음소리

소풍 온 아이처럼 환한 입동굴
동그란 목젖이 산등성에 걸리고
푸른 산문의 빗장이 스르르 열렸다

방장이 가고 없는 빈 툇마루
마른 햇살만 결 따라 오긋이 쉬어가고
도를 아는 고무신 한 짝 쓸쓸하다

그림자로 떠오른 눈썹 낮달이
종이배인 듯 떠나갔다

# 녹우당 은행나무


녹우당 늙은 나무는
날마다 한 걸음씩 한 오백 년 걸어왔다

하루, 이틀, 사흘,
봄, 여름, 가을, 겨울이 오가도
돌아올 수 없는 그를 기다리네

한 아름 나이테로 번지는 음각의 눈물
빗살의 무늬로 새겨진 단 한 사람
드넓은 마음에 일렁이는
한 자락 솟구치는 파도는
푸른 물결이 되어 흐르고,
세연정 푸른 결 밟으며 걸어가는
저 달빛의 외로운 무게에
발톱 마디마다 관절 구부리며
맨살 드러낸 발등의 차가운 고독
뿌리로 품는 슬픈 나날들

마침내, 무 그림자 온전히 비추는

생의 연등 하나씩 켜지네

8월의 끝자락을 밟고 선
나무의 외사랑 푸른 비 되어
먼바다로 흘러갔다

# 겨울 연못

기다림은 가끔 눈이 되어 내린다.

부치지 못한 편지가 바람에 날리듯
몸 검은 글씨들은 제 흥에 겨워
투명한 나비춤을 춘다
날개에 흰옷을 걸치고
퍼드덕 날아가는 창밖의 세상

소나무의 가시 돋친 말에도
산등성이 해넘이의 목구멍에
걸리는 성긴 외로움에도
텅 빈 물의 정원
연꽃 진 무른 자리
온통 꿇은 무릎으로 둥글어진다

시간의 수레바퀴 속에서
맞물려 얼어 터진 연밥은
살갗 속 하얀 꿈
거품으로 피워 올린다

푸르던 잎들의 멍든 가슴
켜켜이 바닥에 쌓아두고
눈을 품어주는 연못은
차마 감지 못하는 슬픈 눈동자

기다림은 지금도 눈이 되어 내린다

# 몽돌

시를 찾아 바다로 간 시인은 보이지 않았다
섬에서 섬이 된 몽돌 소리를 밟았다

꼭두새벽 쌀 씻는 소리
자전거 바퀴 소리, 삐걱거리는 대문 소리
세상의 중심에 외치는 고독한 목소리

주름진 손이 어루만지는 오늘의 비문
둥근 호에 새겨진 무수한 언어의 숲
어제의 허물을 씻어 주고
씨실과 날실로 짠 낡은 옷을 입었다

이제는 집으로 돌아와
빈손, 빈 마음에 담기는
찬란한 시간

철들지 않을 내 영혼의 모음
흰 그림자 쪽빛으로 물드는
바다로 갔다

# 이팝나무

화병 가득 피어난 봄날
주인공은 늘 가시 잘린 장미
뿌리 없는 튤립이 한 곳에
이팝은 다만 어울리지 못한 몸짓으로만

밥 알갱이보다 소중한 타인의 아름다움
영국에서 건너온 희귀종 파란 장미
가지 꺾은 달항아 무덤에서
파랗게 피고 지고

꽃 지고 입술에 담기는 침묵
봄의 폭죽을 터트리며
눈먼 나를 위해
눈물에 녹을 눈처럼 안겼다

밤길 하얗게 밝힌
차갑고도 따듯한 봄눈처럼

# 신전리 이팝나무

계절을 지키는 나무가 지은 집 하나 살았다

하이얀 앞치마 두르고 봄을 맞는 당신 앞에
버선발로 반겼다

이팝의 향기 오래도록 마음에 남아
푸른 지붕, 낮은 담장에도 눈꽃가루 내려

온종일 당신을 만나면 따듯함이 물든다
바가지 한가득 시주하던 어머니 야윈 손잔등

쌀꽃 나붓나붓한 날이면 나부끼는 밥 알갱이
쓸쓸하지 않도록 어깨춤 절로 들썩인다

이팝의 미소 오래도록 곁에 머물러
저녁이면 돌아갈 내 집처럼 환한 웃음 열렸다

# 무풍한송로를 걸으며


그 숲에 가면 고요의 발자국이 머문다
소나무 향이 바람에 날릴 때 학이 날아갔다

흠도 티도 없는 학의 춤사위가 어깨에서 들썩인다
하늘과 바람과 숲이 어우러지는 빛을 맞았다

물안개 자욱한 혼자 가는 길
스님을 만나 합장하고 머리를 숙였다

바람도 잠시 쉬어가는 통도는 천년 본향
영축산 넓은 품이여, 날개를 펼쳐라

무지개는 비 온 뒤에야 스스로 뜨는 것
어느덧 등 굽은 소나무가 되었다

# 3부

봄을 걷는 사람

# 봄을 걷는 사람

명주바람 불어오는 봄이면
계절의 시간에 발맞춰
가지 끝에 앉은 꽃자리

부르지 않아도 달려온 그 사람
시름에도 꼿꼿한 등걸 세우고
주름진 날을 접었다 펴는 모시나비
아직도 봄꿈 꾸는 듯

그리움이 봄물처럼 돋아나
붉은 눈동자에 오소소 떨어지면
격정에 두 팔 벌리는 저 꽃잎들
허방의 날갯짓이 그저 반갑다

벚꽃의 심장 소리를 따라 걸으면
나비 발자국에도 떨리는
모든 날이 투명한 아침
당신 닮은 봄이 따습다

# 유예

계절이 지나는 창가는 한 잔의 에스프레소 향이
물안개 피운다

머리카락 잘려진 낙엽의 서늘한 고독에서
타다만 가을 냄새가 났다

남겨진 자의 갈색 슬픔
겨울새가 품은 깃털의 자유
흰 눈처럼 내리는 영혼 한 모금
독배인 듯 마셨다

세상 끝에 남겨진 빈 잔에
사과가 떨어지는 붉은 저녁내
입술에 머무는 이끼 덮인 쓴맛

천 년의 고요가 무성하다

# 모래 여자

길모퉁이에 사는 모래 여자
머리카락이 온통 꽃으로 덮인 여자
미소 띠며 우아한 얼굴에 반했다

밤바람에 여자의 얼굴이 무너지고
꽃잎 떨어지고 팔도 하나 떨어졌다
버석거리는 삶이 날린다

조각난 알갱이 같은 갈망
이제는 소용없다는 입꼬리

한 생이 흘러 내려
내일의 바람을 잊고
이엇다

# 희망고개

보이지 않는 길 하나 찾아
어제의 불면에도
결단코 흔들리지 않았다

말 한마디에도 널뛰는 심장
걷다가 혹은 뛰다가

나의 삶은 기울기를 가졌다
당신 가까이 가고 있다
저 산 너머에 사라지지 않는 빛줄기

여기서부터는 희망의 길이다
그림자가 만드는 곧은 길로
오르는 중이다

가자, 내일로
마음이 이끄는 대로
계속 가보자

# 석류가 익을 때

하지 말라는 것은 기어이 하고 마는
다른 길을 가는 한 사람

금지된 선을 넘다 보면
기울어진 달이 보내는 화답

달그림자 빗금을 지워가는
어둠 속 희미한 직녀성

처마 끝에 매달린 빗방울처럼
구시렁구시렁 속도 없이

내 안에 사는 그대 얼굴
아직도 지울 수가 없다

# 밤벚꽃

벚꽃 보러 밤을 밟았다
벚꽃이 싸락눈처럼 날리고
쓴 커피만 마셨다

벚꽃이 지고 있다
밤의 무게를 털어내며
말들이 달려갔다

아직 온기가 있어
봄밤의 등불을 밝혔다
나의 청춘도 금세 지고 있다

꽃잎의 눈동자를 다 세면
몇 번의 봄날이 남아
질긴 그리움의 끝을
만날 수 있겠다

# 소리길에서


어디서부터 이 바람은 불어오는지

나무에 기대면 들리는 작은 속삭임
마음 가난한 자를 두드리는 죽비소리
번뇌를 씻듯 돌아가는 물소리
흩어지는 염주알 굴리는 풍경소리
저절로 울렸다

문득 살아가는 것의 혜안을 묻다가
고장 난 시곗바늘처럼
고독에 물드는 시간
잃어버린 시계추 하나 찾아
삼보일배三步一拜로 답하다

눈물 그친 산사의 고요 한 점
마음 자락에 머무는 긴 산 그림자
깊고 푸른 부처님 미소

# 고사목枯死木

천년의 아침을 날마다 기다린다

당신은 오지 않고 계절을 밟고 서성이다
바람의 꽃을 밀어내고 잎 지우며
내 가슴에 흰 눈이 쌓여만 간다
아직 봄이 오지 않았고
나의 겨울은 여전히 당신을 기다리는
마른 나무 한 그루

느리게 걸어오는 당신을 기다리며
처마에 매달린 풍경이 바람이 될 때
말들은 나무에 새긴 불경이 되고
허물을 벗고 간절함을 밟았다
남아있는 나날들이 거름처럼 흙빛이어도
전부인 당신이 있어 행복에 겨운
그저 나무 한 그루

# 보리, 보리암

남해대교 반기는 푸른 섬
금산 허리 안겨 보리암 가면
둥근 바위가 숨을 쉰다

구멍 난 가슴마다, 시린 이름마다
허공 가득 풀이 자라고 꽃은 다시 핀다

해수관음 해사한 미소 파도에 풀어지고
굽은 길 지그시 보면
바람이 지나는 길을 만난다

굽은 길 사이
악착같이 살아온 풀빛 시간
낮보다 아름다운 우리들의 밤
모두 바다를 향해 흘러갔다

마음 한구석 어디쯤 섬이 자라다가
그리운 너였다가
다시 나였다

보리암 가면
그리운 것만 출렁거렸다

# 아름다운 동행

꽃 보려고 동백 하나 들이다
찬 서리에 가지 끝 얼어붙어
아무리 기다려도 꽃은 피지 않아

봉오리마다 맺힌 눈물
툭! 투 둑! 떨어져
물컹한 바닥에서도 생은 피고 진다

아름다운 봄처럼
꽃내음 오래도록 곁에 머물러
마음에도 꽃이 피고 잎사귀마다 둥글어진다

봄길에 만난 붉은 열매
겨울 지나야 봄은 오는구나!

# 먼 길

꽃에서 나무까지 너무나 먼 길
봄눈 내리는 날 운명처럼 만난
바람 부는 하늘 기댈 곳 찾는 너

눈물이 한 잎, 한 잎 꾹꾹 눌러
봉분 같은 붓으로 쓴 어제의 기억
그리운 것만 등불처럼 밝아온다

가고 오는 사람의 일이 내 맘 같지 않아
살갗 터진 메마른 나무가 되어
빈 마음, 빈 몸짓으로 걸었다

그리움의 거리가 너무도 먼 길
우리가 인연처럼 다시 만난다면
그날은 백목련이 피었으면

아름다운 순간은 봉오리의 삶
그대에게 보내는 봄 편지
여백은 언제나 희다

# 낙엽

계절이 타는 저녁
긴 이별과 마주하며
바람의 흔들림조차 아파했다

가을이 휘저은 달고나의 꿈
홀로 비탄을 맞는 낙엽
한 생이 짓밟히고 슬픔에 젖어도
앙상한 팔다리가 부서질 때까지
끝끝내 놓지 않는 부심

낙엽을 쓴다는 것은 위대한 행보
가을이 지독하게 외로운 이유는
떠나보낼 것이 점점 늘었으며
사랑할 것만이 남았다는 마침표

살아가는 것은 살아지는 것
부디 아파하지 말 것

# 인어가 된 여자

아침 커튼 사이로 해가 봉긋하다
햇살 가득한 텅 빈 방 둥근 거울
목이 긴 여자가 거울 앞에 앉아 있다
여자의 두 눈동자에서 눈물비 내려
강물은 바다로 흘러간다
여자의 눈가는
팔딱이는 지느러미가 물살을 가르고
여자의 머리는
반짝이는 은빛 파도가 바람에 나부낀다
바다 냄새는 진동하고
물거품은 방울방울 일어나
철썩이는 파도에 미끄러지며
인어가 된 여자는
긴 꼬리지느러미를 흔들며
유리 속에서 찰랑거리며
먼바다로 헤엄쳐 간다

# 바람이 지은 집

이름이 되지 못한 목어 한 마리
바람이 되어 흔들렸다

흔들려야 사는 한 목숨
매미 소리 끊어질 듯 울어대는
한여름 모서리 한자락 접으면
산자락 빗물 아래로
쏟아져 내리는 물빛 하루

빈 마음에 쩔렁거리는 동전 한 닢
소주 한 잔에 차오르는 서러움
36.5도 뜨거운 여름이 떨어졌다

종이 한 장에 남긴 여름 끝날
흔들리는 바람에 파도 소리가 났다

풍경에 머무는 빗방울 소리
이름이 되지 못한 소리들이
바다에 닿기를

# 모래시계

햇볕의 갈비뼈가 앙상해질 무렵
구겨진 종이에 붙은 시가 살점처럼
떨어져 나갔다

갈 곳 없는 네모난 세상에서
입 다문 조개화석을 본다
타인의 방으로 난 막다른 골목길
흩어지는 모래알처럼 붙잡으려 해도
점점 소비되는 나
기억의 숲에서 희미한 미소
잃어버린 나를 찾아 미끄러질 때마다
흔들리는 눈동자 허공을 헤매인다
오늘도 나는 골짜기에서 쓸쓸히
언어의 그물을 짓는다

내일의 화살표를 찾습니다

# 겨울밤은 따뜻했네

눈 오는 날, 얼룩 남겨진 창호지
시간의 차가운 고리로
이어진다

밤새 들리는 다듬이 소리
후회에 몸부림치는
언 마음을 가만가만 두드리고
뜨거운 심장의 불길로
비로소 완성되는 나의 길

어쩌면
안과 밖, 생과 사의 갈림길은
종이 한 장의 흔들림이던가
꽃눈에 새겨진 발자국
돌쩌귀에 부딪히는
흐르는 눈물로
하얗게 지워져간다

긴 어둠을 가르고

다시 시작하자는 말의 굴레는
창호에 밝아온다

# 4부

엄마의 정원

# 이팝꽃 필 적에

오월이 오면 향그러운 봄의 미소
언제나 환한 그 길로

대지에 불길이 피어올라
가마솥 가득 새하얀 아침
'이밥 한 그릇 더 잡수소'

가지마다 갓 지은 꽃밥들
새들은 해종일 배부르겠네

더 낮은 곳,
더 후미진 곳까지
눈꽃바람 호호 불며

밥은 먹었냐고,
아픈 데는 없냐고,
어머니 향기가 아릿하다

# 저 국화처럼

황산공원 날이 맑아서
옆자리에 덩달아 앉은 문

가을을 찍는 환한 사람들
웃음보 머금은 하늘 닮았다

이제야 열리는 싸리문
길은 멀었고 가을은 깊었다

기별 없이 모인 소국 친구들
가을날 꿈꾸듯 정답다

자, 찍습니다
활짝 웃으이소
못내 그리운 국화 내음

# 달밤

눈물 그렁그렁한 밤이면
환한 보름달도 야윈다

둥근달이 세월에 응답하듯
강물 속에 달그림자 너울너울 다가오면
까닭 없이 치솟는 애달픈 달이 뜬다

할머니의 기도가 아팠고
어머니의 기도가 더 아팠고
나의 기도가 다시 몸살 중이다

살아간다는 것의 의미를 되새김질하며
맨살에 뚫린 코뚜레에 걸리는 긴 숨
멍에 지친 푸른 밤
굵은 손마디로 손꼽아 빈다

천 개의 달이 밤새 기도하는 밤
희망의 불씨를 얼마나 길어 올렸는지 모른다
어둠이 깊을수록 달은 더 단단하다

# 오봉산

구름에 그림자가 있다는 걸 처음 알았습니다
아버지의 어깨에도 내려앉는 그림자가 있었습니다
마냥 커 보이던 아버지도 때론 등을 돌리고 누워계십
니다
아버지도 품어 드려야 할 할머니 옷자락에 숨은 작은
아이였을 테지요
강 너머 노을의 붉은 속울음 이제사 봅니다
나의 고마운 산이 있어 내가 한 뼘 더 자랍니다
평생 황소처럼 일만 보던 아버지
주물러 드려야 할 어깨 대지처럼 드넓습니다
그 넓은 품에 까무룩 잠이 듭니다
거인의 다섯 손가락 안에서

# 고래 꿈속 같은

1.

아버지의 꿈은 기와등 같은 커다란 집. 칠 남매 배부르고 등 따신 게 소원인 아버지. 나는 그 너른 등에 업혀 잠들고 아버지 손 잡고 보물 찾으러 다녔다.

2.

죽도시장에 앉아 토만 난 고래 꼬리와 깡소주로 세상 밖으로 작열하는 태양의 갈빗살 아래 핏대를 세우다, 목소리를 세우다 처자식 생각에 맨 뒤로 숨은 아버지 작은 어깨.

3.

낡은 자전거 바퀴에 그슬린 세월이 아프다. 가방끈이 짧아도 재미지게 살면 그만이라고 손사래 치는 아버지 환한 얼굴.

4.

내가 복이 많다며 누구에게나 사랑 받을 거라 했지만, 나 자신조차 사랑하지 못하는 가난한 시인. 배울수록 공허해 불면의 방에 혼자 울었다.

# 무꽃 그늘

어머니가 보낸 가을 한 봉다리
한철 지난 무가 한가득하다
비스듬히 기대앉은 창가에
아무도 모르게 얼굴 내밀고
개밥바라기 안은 굵은 손마디
쓰고 쓰다 터져버린 붉은 울음
저 홀로 피고 지는 꽃잎마다
햇살만 살갗에 부비면 좋다고
해죽 웃으며 사는 모양새
괜스레 흘린 눈물 싱겁다
허무를 꼬집는 시간이 오면
꽃 진 자리에 동그마니
그늘을 채워가는
오늘이 참 물컹하다

# 물금역에서

새벽 기차 타고 지도에도 없는
전방으로 떠난 바람의 아들
물금역이 허전해 몇 번이나
간 길 훔치며 보았다

오늘처럼 눈 내리는 밤이면
찬밥 한 덩이 말아먹고
먼 데 문밖을 서성거리는
눈사람이 서 있다

함박눈이라도 되어 만났으면
불면의 밤 지새우며
흔들리지 않는 촛불 심지처럼
기도했다

긴 겨울밤 홈질로 아등바등 기워
기차가 떠난 푸르른 길로
텅 빈 하늘 녹이는 따스한 손

귀향하는 봄날
무궁화호는 함지박 웃음을 달고
눈길처럼 환하게 달려왔다

# 느티나무에 기대어

이름 한가운데 지워진
나뭇잎이 후두둑 떨어집니다

언제나 나만 바라보던 커다란 나무
이제는 내가 당신을 기다릴 차례

붉은 아픔이 혈관을 지나
다문 입술로 통증 삭히며
입김 훅훅 뱉으며
겨울 찬 가지처럼 안겨요

당신이 가만히 이불 덮어주면
발가락까지 따뜻한 봄날 같았고
해거름 내 이름 목청껏 불러주면
담벼락 노을처럼 작은 아이가 피어나요

철들지 않는 아이가 소리 없이 울어요
병상에 기대어 혹은 나무에 기대어
당신의 이름을 불러보아요

헐거워진 그 이름, 어머니

# 엄마의 정원

그날, 꽃은 잎에게 잎은 꽃에게 물들고 있었다
문주란, 장미, 달맞이, 붉은 수국까지

엄마의 다리는 빗방울의 숨처럼 엇박자였지만
슬픔이 슬픔에게 바닥을 보이며 잎을 피워 올렸다

무화과가 불을 지피며 저녁이 오기까지
우리는 천천히 익어갔다

# 쪽잠

아들의 반달 분홍지갑
거실 구석 나뭇결 베고 누웠네

고이 품은 편지 한 장
하품하다 너스레로
마음을 연다
따뜻한 손, 온기로 데워진
홈질로 난 쉼 길 따라
자음, 모음 오순도순
생명의 등불은 켜지고
아들과 나의 먼 거리는
탯줄로 이어지고
사랑은 길 끝에서 잉태되며
막 깨어나려 하네

외줄기 눈먼 사랑 하나
문지방 기웃거리네

# 부치지 못한 편지

겨울 모서리에 물든 사월의 봄이 오면
그리운 것만 수북이 쌓여갔다

하얀 목련이 그린 나무 그림자 속으로
밀려오고 밀려가는 파도의 모서리는 아팠다
이끌림처럼 찾는 간절한 바다, 바다 냄새
상처투성이 발자국은 걷고 또 걸었다

눈물 삼킨 바다, 간절곳에 가면
엄마 품속 같은 우체통이 우두커니 있다
노을에 번지는 한 번도 부치지 못한 편지
바위틈 민들레의 봄씨가 되어 날렸다

꽃씨 한번 불면 사라지는 사소함으로
웃고 마는 혼자 가는 이 길을 따라
눈물의 지문은 언제나 깊고 푸르렀다

어머니, 당신 발자국에 나의 발을 디디면
울컥 솟아나는 말 한마디

그래도 살아야지, 살아가야지

# 새봄처럼

녹슨 문고리 두드리는 봄바람
초록 지붕 아래 고요로 답하는 빈 의자
결마다 눈부시다

철없는 봄 깨우는 속 깊은 마당
새벽이면 어김없이 흔들리는 종소리
새들의 울음소리 한가로이 번져
떫은 눈 부비는 수줍은 냉이도
비둘기 발목처럼 붉은 쑥도
텃밭 가득 돋아나는 초록 축제

알전구 아래 오가는 숟가락들
가시 없이 둥그런 밥 한술
갓 지은 집밥 냄새도
어머니 땀방울도
고소한 수다로 달뜨는

흘러가는 달밤
흘러가는 골목길이
늘 따듯하다

# 작은 상자를 열면

시월 마지막 밤의 포장을 열면 노란 모과는
익은 달빛이다

마당에 고이는 텅 빈 웃음
빗방울에도 글썽이는 나뭇잎의 파리한 이력서에
구겨진 시계가 느리게 갔다

비누 한 장과 바뀔 운명처럼
낙엽처럼 뒹굴던 영혼의 모음이
작은 골방의 어둑한 시간이며
어둠에서도 직진하는 햇살을 담았다

어머니의 해묵은 상자를 열면
뿌연 먼지처럼 막막해서 쓰린 날들의
모과향이 거품처럼 온 방에 출렁거렸다

밤하늘 가득 환한 얼굴
마른 나뭇결처럼 구부리고
곱씹어 흘러가는 눈물의 천정은
야윈 달빛마저 달콤한 땀방울로 익어간다

# 봄길

바닷가 작은 섬마을은 층층이 쌓인 풀빛 시루다
내 마음의 봄길이 풀잎 소리에 일렁인다

쑥 캐는 까실쑥부쟁이 나의 어머니
가마솥 한가득 눅진한 쑥떡을 찐다
봄 처녀 어둠 속에서 먹던 착한 쑥
정처 없이 떠도는 길 잃은 연기는
너울거리는 새하얀 봄을 만난다

저녁 한 끼에 어깨 부비는 얼굴들
아버지가 던진 그물에 걸리는 옛이야기에
쑥털털이는 함박꽃 웃음 보따리를 턴다
말간 쑥국에 빠진 도다리 눈동자에
애달픈 봄이 밀려오고 밀려간다

흙 그릇 그득히 풍겨오는 찰박한 바닷내음

바닷가 작은 섬마을은 켜켜이 쌓인 풀빛 시루다
내 마음의 봄길이 고샅길 사이로 익어간다

# 까치 소리

봄날 새 둥지 지어 놓고
발자국 보이지 않는 까치

십 년 동안 단칸방에 남은 건
색바랜 종이의 늦은 고백
모서리 접힌 내일의 환대
아직 못다 한 여백의 시

어제의 옷을 걸쳤던 구멍 난 자국들
지나온 머나먼 길을 기억하며
눈물이 그린 공허의 손짓인가

봄날 아침이 파르스름 눈을 뜨고
분주한 몸짓으로 울어대는
까치 소리 소란하다

다시 찾은 나만의 봄.

# 꿈의 온도

그해 겨울, 바다는 차라리 따뜻했다.
그 무엇 하나도 부수지 못해 나는 바다로 갔다.

멍든 바다에 쏟아부은 언어의 칼날
날 선 파도에 잘린 어둠의 그림자
목울음 울려 퍼지는 검붉은 바다
꺾일 수 없는 빛의 프리즘
절대 사라질 수 없는
영원한 태양을 붙잡는 거친 손
모든 허물이 벗겨진다 해도
젊음이 하얀 시체로
물거품처럼 흩어질지라도
결코 무너질 수 없는
이 뜨거움은 어디서 오는지

빛 물결 아침
다만, 쏟아지는 1000℃ 꿈이 있었을 뿐.

# 여백餘白

봄바람 맞아 소복이 꽃눈을 만드는
길모퉁이 벚나무 그루잠을 잤다

순간에 지고 마는 꽃자리 남은 것이 있어
눈물의 온기가 투명하게 새겨진 나뭇결이
흘러가는 시간에 답을 주는 마른 꽃잎이
손가락 사이로 뚝뚝 지는 그런 날

계절 안부는 눈인사가 전부였지만
꽃들의 언어는 경계를 허물 듯 둥글어진 탑을 쌓았다

만나고 헤어지는 일은 꽃 지듯 쉬워
그 사람 이름을 꽃잎으로 지우고
그 사람 그 얼굴을 연두 잎사귀로 지워도
봄날 오후 눈꺼풀에 담기는 햇살로 지울 수 있을지

손바닥 실금을 따라 잠깐 봄이 지나갔지만
아직도 기다리는 나의 봄이 남아

# 자연을 향한 강한 경도와
# 아름다움을 향한 집중력
## ─ 철들지 않을 영혼으로서의 정의현의 시 세계

권　온(문학평론가 · 문학박사)

### 1.

정의현의 첫 시집『꿈의 온도』를 함께 읽는다. 그녀가 시인의 말에서 밝힌 바에 따르면, "첫 시집은 잘 있음의/ 푸른 수신호다." 또한 "시는 우리의 안식처이며 도피처다."

시인은 독자들에게 시와 시집의 가치와 의미를 은유적으로 전달한다. 우리는 시인의 말을 읽는 것만으로도 정의현의 시 세계에 대한 기대감을 높일 수 있다. 그녀가 밝히듯이 대부분의 사람들에게는 "내 영혼의 모음이 먼지처럼/ 흩날려 귀가하는 날"이 있을 것이다. 일상과 현실과 삶이 짓누르는 무게가 힘겹게 느껴질 때, 우리에게는 안식처가 필요하고 도피처가 요구된다.

시인의 첫 시집에서 좋은 시를 골라 읽음으로써 독자들은 '잘 있음'의 상태를 확인할 수 있을 것이다. 주사위는 던져졌다. 이제 「마당을 쓸다가」 「산세베리아 피는 아침」 「파도와 달빛」 「배내골 굽이굽이」 「다시 봄」 「몽돌」 「밤벚꽃」 「소리길에서」 「이팝꽃 필 적에」 「오봉산」 「꿈의 온도」 등 11편의 시를 중심으로 정의현의 시 시계를 확인해 보자.


2.

연필 잡고 마당에 모인 아이들
개발새발 그리는 하얀 종이
까치도 찍은 눈도장 반가워라

뒤란에 가을이 오면 마당을 쓸며
은행잎 주름진 호를 따라
당신에게 보내는 낙엽 편지
볕뉘 비치는 단풍 세다가
항아리처럼 부풀었으며

간밤 송두리째 뽑힌 은행나무
조각난 슬픔의 무게를 쓸며
빨래처럼 시를 널었고
젖은 삶 말렸다

지금은 희미한 마당에 동그마니

차마 떠내려 보내지 못한
눈썹달이 남았다

　　　　　　　　　　—「마당을 쓸다가」 전문

　이 시를 읽는 이들은 정의현이 타고난 시인임을 깨닫
게 될 테다. 이번 시에 적용된 "연필" "하얀 종이" "편지"
"시" 등의 어휘를 보면, 정의현은 하얀 종이에 연필로 시
또는 편지를 쓰는 일을 즐길 줄 아는 인물이다.

　타고난 예술가로서의 시인은 언어의 조탁이나 세공에
도 남다른 관심을 기울인다. 가령 2연 1행의 "뒤란", 2연
4행의 "볕뉘", 4연 3행의 "눈썹달" 등의 어휘를 보면 아
름다운 언어를 향한 정의현의 집중력을 짐작할 수 있다.

　시인은 3연에서 "간밤 송두리째 뽑힌 은행나무"에 대
해서 진술한다. 그녀는 부러진 은행나무를 "조각난 슬
픔"으로 이해하고, 젖은 빨래를 "시"나 "삶"으로 치환한
다. 그런 이유에서 독자들은 삶 속의 다양한 사물이나
대상을 시의 영역으로 자연스럽게 도입하는 정의현의
집중력에 감탄하게 된다.

　　밤바람의 서늘한 시선은
　　너를 만나기 위한 외로운 길인가

　　그늘에서 말없이 지켜보던 눈동자
　　덜컹거리던 삶에 건네는 나지막한 눈인사

한 줄기 햇살의 속없는 중얼거림

문득 이제야 생각났다

십 년의 기억 산세베리아
언제나 같은 자리에
서성이는 길목에는
하얀 입김인 듯
삶의 고비마다 매달리며
쉼표처럼 피었다 졌다

조용하고 순결한 답례는
길을 잃고서야 비로소 찾은
눈물 나는 아침이 전부였다
―「산세베리아 피는 아침」 전문

　정의현은 '유미주의자' 또는 '심미주의자' 또는 '탐미주의자'이다. 그녀는 아름다움을 최고의 가치나 목적으로서 여기고 이를 자신의 시 또는 예술에 반영한다. 시인은 이 시에서 "산세베리아"를 표현하는데 이것은 단순한 공기정화 식물 또는 에코 플라워가 아니다. 그녀가 집중하는 시적 대상으로서의 '산세베리아'는 아름다움의 정수이기 때문이다.
　정의현은 산세베리아를 이인칭 대명사 "너"로 규정한다. 시인에 의하면 '너'는 "덜컹거리던 삶에 건네는", 위로와 위안의 기능을 담당하는 "눈동자" 또는 "눈인사"가 된다. 그녀와 산세베리아의 인연은 순간적인 게 아니다. 그들 사이에는 "십 년의 기억"이 위치하기 때문이다. 정의현에게 산세베리아는 "하얀 입김"이자 "쉼표"이며 "답례"이다. 그녀에게 '너'는 "삶의 고비마다" 힘과 용기를 건넨 산소 같은 식물이다. 그러므로 이 시의 제목인 "산세베리아 피는 아침"은 시인과 독자들에게 살아있음의 참된 가치와 의미를 알려주는 "눈물 나는 아침"이 될 수 있다.

너를 향한 그리움이 멀어져 갔다
바다를 향해 덧무늬를 새긴다
하고 싶은 말이 많았지만
밤새 다 쓰지 못했다

어제의 중얼거림을
아직 쓰고 있는 중
달빛에 긴 흘림체로
마냥 써 내려간다

그건 인연이야
그건 운명이야
지우고 또 쓰는
빈 여백에서

까만 몽돌처럼 점점 사라져 가는
　　작은 나를 만났다

―「파도와 달빛」 전문

　이것은 천부적인 예술가로서의 정의현의 면모가 돋보이는 시이다. 그녀에게는 "하고 싶은 말" 또는 "중얼거림"이 있었으나, 시인은 그것을 "밤새 다 쓰지 못했"고 "아직 쓰고 있는 중"이다. 정의현에게는 생산해야 할 시와 예술이 충만하다. 그녀가 "달빛에 긴 흘림체로/ 마냥 써 내려"가는 이유가 여기에 있다.

　시인은 "지우고 또 쓰는/ 빈 여백"을 기꺼이 감당한다. 그녀가 쓰는 행위에 온전히 집중할 수 있는 것은 "너를 향한 그리움"이 남아있기 때문이다. 정의현이 4연에서 채택하는 "까만 몽돌처럼 점점 사라져 가는/ 작은 나"를 '그리움'의 대상으로서의 '너'로 치환할 때, 우리는 "바다" "파도" "몽돌" "달빛" 등으로 연결되는 아름다운 자연 속에서 '나'와 '너'의 극적인 조우를 경험할 수 있다.

　　온 산 단풍이 여기저기 불을 놓는다

　　바람 불어도 좋은 그런 날
　　깊은 골 굽이굽이 길손마다
　　따뜻한 이불이 되었다

　　손 시릴까 발 시릴까 걱정하는 엄마인 듯

배냇저고리 젖내나는 가을 산
젖먹이 업고 장에 가던 그길로
한 땀 한 땀 누비이불을 펼쳤다

산 아래 내 집은 작은 쉼표 하나,
절망에도 꺾이지 않는 뿌리가 있다
가는 길마다 내리 앉는 안개 같은 처네 끈
자꾸만 경계를 지워갔다

—「배내골 굽이굽이」 전문

이 시를 구성하는 어휘나 표현은 크게 두 개의 계열로
구분된다. 하나는 '자연' 계열로서 "산" "단풍" "바람"
"골" "뿌리" "안개" 등으로 구성되고, 다른 하나는 '인간'
계열로서 "이불" "엄마" "배냇저고리" "젖내" "젖먹이"
"누비이불" "집" "처네" 등으로 구성된다.

독자들로서는 이번 시를 읽으며 '자연'과 '인간'의 합일
을 경험할 수 있다. 정의현은 "온 산 단풍"을 "따뜻한 이
불"로서 이해하고, "가을 산"을 "걱정하는 엄마"의 마음
으로 수용한다. 그녀에 의하면 "산 아래 내 집"은 "작은
쉼표"이자 "절망에도 꺾이지 않는 뿌리"이다. 시인은 '집'
을 휴식과 위안의 공간으로서 규정하는데, 집은 '인간'과
'자연'이 소통하는 특별한 경험을 제공한다. 특히 4연 4
행의 "자꾸만 경계를 지워갔다"라는 진술을 통해서 독자
들은 '물아일체'의 순간을 맞이할 수 있다.

상처 지나간 자리마다 꽃은
피고 지고

이름 없는 들꽃 향기 물어물어
서운암 금낭화
묵묵히 대지에 고개를 묻고
다시 일어서는 풀꽃
철 지난 겨울이 못내 그리워

이팝나무 깨알 미소에
목단이 발그레한 폭죽 터트리면
산허리에 넘쳐나는 봄물 소리
붉게 물든 치마폭에 찰방찰방
항아리마다 곡진히 쏟아진다

가던 길 멈추고
굽은 길 돌아서 보면
모두 아름다워 서러운
그 이름
봄, 봄,

　　　　　　　　　　　　　　　—「다시 봄」전문


　정의현이 이 시에서 주목하는 시적 대상은 "꽃"과 '나
무'를 아우르는 '식물'이다. "들꽃" "금낭화" "풀꽃" "이팝
나무" "목단" 등 이 작품 곳곳에서 출현하는 식물과 마주

한다면 우리는 상큼하고 순수하며 아름다운 자연이 제공하는 위안의 손길에 감격하게 된다.

시인이 이번 시에서 강조한 요소로는 '반복'이 있다. 작품의 제목에 쓰인 "다시"와 1연 2행의 "피고 지고", 4연 1행~2행에서의 "길"의 활용과 4연 5행의 "봄, 봄," 등은 이 시에 사용된 반복의 기법을 충실하게 보여준다. 정의현은 반복의 요소를 활용함으로써 '봄' 또는 '꽃'을 향한 간절한 열망을 드러낸다. 그녀가 봄과 꽃에 주목하는 이유는 봄과 꽃에 "상처"를 치유하는 기능이 내재하기 때문이다. 시인은 작품의 후반부에서 봄과 꽃의 속성으로서 '아름다움'과 '서러움'을 제안하는데, 독자들은 충돌하는 속성들의 혼재, 지속, 여운 속에서 '봄'을 향한 자신만의 꿈을 꾸게 된다.

시를 찾아 바다로 간 시인은 보이지 않았다
섬에서 섬이 된 몽돌 소리를 밟았다

꼭두새벽 쌀 씻는 소리
자전거 바퀴 소리, 삐걱거리는 대문 소리
세상의 중심에 외치는 고독한 목소리

주름진 손이 어루만지는 오늘의 비문
둥근 호에 새겨진 무수한 언어의 숲
어제의 허물을 씻어 주고
씨실과 날실로 짠 낡은 옷을 입었다

이제는 집으로 돌아와
빈손, 빈 마음에 담기는
찬란한 시간

철들지 않을 내 영혼의 모음
흰 그림자 쪽빛으로 물드는
바다로 갔다

—「몽돌」 전문

　다시 한번 타고난 시인으로서의 정의현의 면모가 부각
되는 시가 제시된다. 이번 시의 1연과 2연을 보면 "시"와
"시인" "바다"와 "섬", 다양한 "소리"와 "목소리"가 등장
한다. '우편집배원'이라는 뜻을 지닌 영화 〈일 포스티노〉
를 생각하게 되는 시이다. 그 영화에서 주인공 마리오는
자전거를 타고 다니며 우편물을 배달하고, 바다와 섬과
파도 사이에서 시를 배우게 되는데, 이와 같은 〈일 포스
티노〉의 정황은 이 시의 맥락과 연결될 수 있다.
　이 시의 3연에는 "어제"와 "오늘"과 "언어"가 제시되는
데, 우리는 여기에서 과거와 현재와 미래를 관통하는 특
별한 언어를 향한 시인의 꿈을 응원하게 된다. 3연과 4
연에 제시된 "낡은 옷" "빈손" "빈 마음" 등의 어휘를 아
우르다 보면 철학자를 닮은 정의현의 정체성과 마주할
수 있다. 이 시의 5연에는 "철들지 않을 내 영혼"이 등장
하는데, 이와 같은 성격의 인물이기에 그녀는 타고난 시

인이 될 수 있었을 테다. 시인이 이 작품의 제목으로 삼은 "몽돌"은 어디에 위치한 둥근 돌인지 궁금하다. 어쩌면 우리는 거제도 학동 흑진주 몽돌 해수욕장을 찾아가도 좋을 것 같다.

벚꽃 보러 밤을 밟았다
벚꽃이 싸락눈처럼 날리고
쓴 커피만 마셨다

벚꽃이 지고 있다
밤의 무게를 털어내며
말들이 달려갔다

아직 온기가 있어
봄밤의 등불을 밝혔다
나의 청춘도 금세 지고 있다

꽃잎의 눈동자를 다 세면
몇 번의 봄날이 남아
질긴 그리움의 끝을
만날 수 있겠다

—「밤벚꽃」 전문

정의현은 이 시의 제목으로 "벚꽃"이 아닌 "밤벚꽃"을 선택하였다. 봄날의 '벚꽃'만으로도 낭만성이 고조될 텐

데, '밤벚꽃' 또는 "봄밤"의 벚꽃이라면 낭만성의 폭발이 예상된다. 곧 시인은 이 작품에서 '밤'과 '벚꽃'을 결합함으로써 낭만성의 극대화를 실현한다.

"벚꽃이 싸락눈처럼 날리고"라는 1연 2행의 진술은 독자들의 상상력을 자극한다. 벚꽃과 밤이 조우하는 환상적인 장면 앞에서 시적 화자 '나'는 "벚꽃이 지고 있"듯이, "나의 청춘도 금세 지고 있"음을 확인한다. '나'는 찬란한 아름다움으로서의 벚꽃이 떨어지듯이 자신의 '청춘' 또는 '젊음'도 사라지고 있음을 깨닫는 것이다.

외부의 풍경과 내면의 인식이 하나로 통합되는 순간, '나'는 자신에게 주어진 "몇 번의 봄날" 또는 "남아"있는 삶을 생각한다. 그리고 사랑하는 사람들과의 추억과 "그리움"을 되새긴다. 특히 '그리움'이라는 감정 또는 마음은 정의현에게 각별한 의미로서 다가온다. 그녀는 이미 시「파도와 달빛」에서 "너를 향한 그리움"을 노래한 바 있기 때문이다.

어디서부터 이 바람은 불어오는지

나무에 기대면 들리는 작은 속삭임
마음 가난한 자를 두드리는 죽비소리
번뇌를 씻듯 돌아가는 물소리
흩어지는 염주알 굴리는 풍경소리
저절로 울렸다

문득 살아가는 것의 혜안을 묻다가
고장 난 시곗바늘처럼
고독에 물드는 시간
잃어버린 시계추 하나 찾아
삼보일배三步一拜로 답하다

눈물 그친 산사의 고요 한 점
마음 자락에 머무는 긴 산 그림자
깊고 푸른 부처님 미소

—「소리길에서」 전문

좋은 시가 되는 길은 그리 멀리 있지 않을 수도 있다.
복잡하거나 난해한 요소들의 난무가 좋은 시를 보장해
주는 것도 아닐 테다. 정의현의 이 시는 단순하면서도
뚜렷한 논리 속에서 좋은 시가 될 수 있는 길을 열어젖
힌다.

이번 시에 제시되는 첫 번째 논리는 "소리"와 관련된
다. 작품의 제목에 '소리'가 등장하는데 이것은 1연의 "바
람"이나 2연 1행의 "속삭임"과 연결된다. 또한 2연 2행
의 "죽비소리", 2연 3행의 "물소리", 2연 4행의 "풍경소
리" 등은 거대한 '소리'의 일원으로서 합류한다.

이 시의 두 번째 논리는 '불교'와 관련된다. 2연 2행의
"죽비", 2연 3행의 "번뇌", 2연 4행의 "염주(알)", 2연 5
행의 "풍경", 3연 1행의 "혜안", 3연 5행의 "삼보일배三步
一拜", 4연 1행의 "산사", 4연 3행의 "부처님" 등의 다양

한 어휘는 폭넓은 '불교'의 영향력을 입증한다.

이 시의 세 번째 논리는 '시간'과 관련된다. 3연 2행의 "시곗바늘"과 3연 3행의 "시간"과 3연 4행의 "시계추"는 '시간'의 놀라운 집중력을 보여주면서 동시에 "살아가는 것" 또는 '삶'의 길에 내재된 우연성의 미학을 덧붙인다.

오월이 오면 향그러운 봄의 미소
언제나 환한 그 길로

대지에 불길이 피어올라
가마솥 가득 새하얀 아침
'이밥 한 그릇 더 잡수소'

가지마다 갓 지은 꽃밥들
새들은 해종일 배부르겠네

더 낮은 곳,
더 후미진 곳까지
눈꽃바람 호호 불며

밥은 먹었냐고,
아픈 데는 없냐고,
어머니 향기가 아릿하다

　　　　　　　　　　　　　—「이팝꽃 필 적에」 전문

정의현은 앞에서 살핀 시 「다시 봄」에서 "이팝나무"를 다룬 바 있다. 그녀는 이번 시에서 '이팝나무'의 꽃 또는 "이팝꽃"을 형상화한다. 시인이 주목하는 '이팝꽃'은 "봄의 미소"를 환하게 밝히는 "오월"을 대표하는 꽃이다.

정의현은 봄의 상징과도 같은 이팝나무의 흰 꽃을 보면서 아름다움만을 강조하지 않는다. 그녀는 이팝나무의 하얀 꽃에서 이상적인 미美와 함께 현실적인 용도를 발견하는데 그것의 구체적인 이름은 "밥"이 된다. 곧 시인에 의하면 '이팝꽃'의 '이팝'은 "이밥"이기도 하고 "꽃밥"이기도 하다. 이팝나무의 "가지"에 오른 "새들은" '꽃밥(들)'을 먹으면 되고, 시인을 포함한 우리들은 '이밥'을 먹으면 되는 것이다.

이 시에서 정의현은 "이팝꽃 필 적에" "어머니"를 생각한다. 그녀가 이팝나무의 흰 꽃이 필 때, 그 꽃의 향기를 맡으며 어머니를 떠올리게 된 이유는 무엇일까? 아마도 시인은 "밥은 먹었냐고, / 아픈 데는 없냐고,"라는 어머니의 말씀에서 "어머니 향기"를 느꼈기 때문이다. 그러므로 이 시를 읽은 독자들은 앞으로 흰 꽃이 필 때마다, 밥을 먹을 때마다 누군가를 생각하게 될 테다.

구름에 그림자가 있다는 걸 처음 알았습니다
아버지의 어깨에도 내려앉는 그림자가 있었습니다
마냥 커 보이던 아버지도 때론 등을 돌리고 누워계십니다
아버지도 품어 드려야 할 할머니 옷자락에 숨은 작은

아이였을 테지요
강 너머 노을의 붉은 속울음 이제사 봅니다
나의 고마운 산이 있어 내가 한 뼘 더 자랍니다
평생 황소처럼 일만 보던 아버지
주물러 드려야 할 어깨 대지처럼 드넓습니다
그 넓은 품에 까무룩 잠이 듭니다
거인의 다섯 손가락 안에서

—「오봉산」 전문

  이 시의 제목은 "오봉산"이다. '오봉산'은 봉우리가 5개인 산을 가리킨다. 시인이 작품의 제목으로써 오봉산을 선택한 이유는 그것이 "아버지"와 연결되기 때문이다. 시적 화자 '나'에게는 "고마운 산"이 있는데 그것이 바로 '오봉산'이고 "거인의 다섯 손가락"이다.

  '나'에게 '아버지'는 "마냥 커 보이던" 대상이자 "대지처럼 드넓"은 "어깨"의 소유자이다. 아버지는 "평생 황소처럼 일만" 했던 인물로서 그에게는 "넓은 품"이 있었다. 그러던 어느 날 '나'는 "구름에 그림자가 있"듯이, "아버지의 어깨에도 내려앉은 그림자가 있"음을 알게 되었다. 아버지 역시 한때 "할머니 옷자락에 숨은 작은/ 아이였"음을 알게 된 것이다.

  아버지는 처음부터 크고 거대한 '거인'이 아니었다. 그의 품과 어깨는 그냥 넓어진 게 아니었다. 아버지에게도 '그림자'가 있었고, "속울음"이 있었음을 자식으로서의

'나'는 뒤늦게 깨달았다. 언젠가 우리가 "등을 돌리고 누워계"시는 아버지와 조우하게 된다면, 그의 그림자와 속울음을 다독일 일이다.

그해 겨울, 바다는 차라리 따뜻했다.
그 무엇 하나도 부수지 못해 나는 바다로 갔다.

멍든 바다에 쏟아부은 언어의 칼날
날 선 파도에 잘린 어둠의 그림자
목울음 울려 퍼지는 검붉은 바다
꺾일 수 없는 빛의 프리즘
절대 사라질 수 없는
영원한 태양을 붙잡는 거친 손
모든 허물이 벗겨진다 해도
젊음이 하얀 시체로
물거품처럼 흩어질지라도
결코 무너질 수 없는
이 뜨거움은 어디서 오는지

빛 물결 아침
다만, 쏟아지는 1000℃ 꿈이 있었을 뿐.
　　　　　　　　　　　　　　　　　—「꿈의 온도」 전문

아마도 이 시는 이번 시집에서 가장 뜨거운 "온도"를 보유한 작품일 수 있겠다. 1연에 의하면 시적 화자 '나'는

"바다"로 이동해서 끓어오르는 파괴 본능을 식혀야 했다. "바다는 차라리 따뜻했다."라는 '나'의 언급은 "그해 겨울" '나'의 상황이 매우 심각했음을 암시한다.

차가운 바다를 따뜻하게 여길 만큼 '나'는 "뜨거움"에 침윤되었다. 어쩌면 그 뜨거움은 분노나 슬픔 또는 고통 같은 감정과 연결된 것일 수도 있다. 2연에 제시되는 "목울음" "허물" "시체" "물거품" 등의 어휘는 '나'에게 쏟아지는 뜨거움이 "꺾일 수 없는 빛" 같은 것이고 "영원한 태양" 같은 것임을 보여준다.

독자들은 3연에 이르러서 그 뜨거움이 '나'의 "꿈"과 무관하지 않음을 알게 된다. 거대한 현실의 벽 앞에서 '나'는 좌절감을 느끼거나 도피하고 싶었을 수도 있다. 그런 위기의 순간에서도 '나'에게는 "1000℃ 꿈이 있었"다. 이 시의 핵심어로서의 '뜨거움'은 작품의 제목인 "꿈의 온도"인 셈이다. 요컨대 정의현에게는 2연 1행에서 제시한 "언어의 칼날"이 있었기에 끝내 그 뜨거움을 한 편의 시로서 창작할 수 있었고, 스스로 시인으로서 자리매김할 수 있었던 것이다.


3.


정의현의 첫 시집 『꿈의 온도』를 함께 살피었다. 이번 시집에 수록된 시편을 점검한 결과, 그녀는 무엇보다도 타고난 시인이자 천부적인 예술가이다. 「마당을 쓸다가」 「파도와 달빛」 「몽돌」 등의 시들을 보면서, 우리는 시인이 즐겨 활용하는 어휘의 목록을 확인하였다. "연필" "하얀 종이" "편지" "시" "흘림체" "여백" "지우고" "쓰고" "쓰는" "시" "시인 등의 어휘를 읽는 독자들은 글을 쓰고, 시를 짓는 자로서의 정의현의 면모를 돌올하게 경험하게 된다.

이번 시집을 통해서 제시되는 시인의 다른 개성으로는 그녀의 자연 지향성을 꼽을 수 있다. 정의현의 많은 시편에는 꽃, 나무, 바다, 파도, 몽돌, 달빛 등 다양한 자연물이 등장한다. 시인은 시 「산세베리아 피는 아침」에서 아름다움을 향한 집중력을 보여주었고, 시 「밤벚꽃」에서는 극대화된 낭만성을 제시하였다. 또한 정의현은 「이팝꽃 필 적에」에서 이상적인 아름다움과 현실적인 용도를 동시에 고민하기도 하고, 「꿈의 온도」에서는 "언어의 칼날"로써 "꿈의 온도"가 발산하는 "뜨거움"을 슬기롭게 극복하였다.

시 「몽돌」에는 "철들지 않을 내 영혼"이라는 어구가 있다. 대니얼 디포Daniel Defoe는 '영혼'과 관련하여 다음과 같이 언급하였다. "The soul is placed in the body like a rough diamond and must be polished, or the lustre of it will never appear(영혼은 거친 다이아몬드처럼 몸 안에 놓여 있어서 연마되어야 하며, 그렇지 않으면 영혼의 광택은 결코 나타나지 않을 것이다)."

정의현이 애호하는 단어 중 하나는 '영혼'이다. 그녀가 생각하는 영혼의 가치와 의미는 대니얼 디포가 영혼에 대해서 보여주는 견해와는 다를 수 있다. 대니얼 디포에 의하면 영혼의 광택을 드러내기 위해서는 다듬는 과정이 필수적으로 요구된다. 반면 시인은 있는 그대로의 영혼을 수용한다. 필자는 정의현의 시가 추구하는 영혼의 광택이 인위적인 연마의 결과물은 아닐 것으로 믿는다. 그런 이유에서 우리는 그녀의 시와 그녀의 영혼이 앞으로도 내내 철들지 않기를 바란다. 자연스럽고 개성적인 영혼이 펼칠 앞으로의 시 쓰기, 삶 쓰기가 더욱 기대된다.

# 황금알 시인선